Dirk von Petersdorff

Unsere Spiele enden nicht

Dirk von Petersdorff

Unsere Spiele enden nicht

Gedichte

C.H.Beck

Familien

An eine Dreizehnjährige

Wenn du morgens in die Küche kommst,
schaust du wie eine Eule,
in den helllichten Tag versetzt.
Diese Arme, die an dir hängen,
mit denen du schlenkerst, sind deine Arme.
Ein Tag widerspricht dem anderen:
Deine Haare bürstest du nie –
ununterbrochen bürstest du deine Haare.
Als Rätsel mit Locken
hockst du stundenlang
in unseren Sessel gefaltet, die Beine verknotet,
und aus diesem Sesselnest lächelst du
oder finsterst herab, wie der Himmel,
endlos grau – tiefstes Blau –
Warum? «Einsilbig» heißt,
alle Fragen mit einer Silbe
oder einem Knurren zu beantworten.
Denn du hast anderes zu tun,
du schnaufst, prustest, du heulst und lachst,
alles zugleich, und so sagst du die Wahrheit
über uns, denn so unfertig
sind wir auch, im Übergang, auch wir
verpuppen uns, werfen ständig etwas ab –
wie du deine Schaffelljacke,
die ich überall im Haus finde, aufsammle
und in dein Zimmer trage.
Im Sommer schlurfst du als November herum,
aber mitten im Winter
wirst du euphorisch, deckst den Tisch
für uns alle, spürst das Frühjahr,

schneidest singend Salat,
und wenn du jetzt in den Wald gingest,
kämest du mit einem Korb
voller Erdbeeren zurück.
Du bist so nah, so fern,
mein liebes Kind,
das hinter einer Glaswand steht
in einem T-Shirt mit einem blauen
Elefanten, selbst bemalt.
Vertaumelte Tage, Halbschlafwelt –
aus deinem Zimmer trage ich
einen Joghurtbecher mit Schimmelkultur
und ein Müsli, hart geworden
wie Mörtel: Man könnte ein Haus damit bauen.
Du aber willst kein Haus, sondern auswandern,
ja, du wirst auswandern,
du glorreiches Phantom –
so hüpft die Schönheit die Treppe hinunter
und berührt sie kaum.
Dann aber zerknautscht wie die große Stoffkatze,
die neben dir schläft. Das freie, unbekümmerte Kind,
bist du es noch? Irgendwie schon,
denn nichts behält seine Gestalt,
und nichts geht verloren. «Wohin gehöre ich?»,
fragt dein Zahnspangenlächeln,
wenn du abends in die Küche kommst.

Brücken

Wenn ich im Juni, Kopenhagen, Helligkeit ausgepackt,
E-Scooter die Brücke hinauf,
vor mir ein mitziehender Zopf,
unten Hafenwasser übervoll flimmert –

stock ich, weil meine alte Mutter
jetzt ihre Brücke hinuntertappt
mit der sinnlos vollgestopften Handtasche,
Haare wie Algen, aufs dunkle Ufer zu –

und weil ich ein Kind bin, wünsch ich,
ein Schauer aller Lichtpunkte, lebenslang gesammelt,
möge wie hier übers Wasser
über ihren Rücken streichen,

führ sie nach oben.

Die durchgeschnittene Saite

Was ich brauchte, hat mir mein Vater
aus der Stadt mitgebracht:

Auf dem Korbtisch lag ein Tennisschläger –
beim aufgeregten Abschneiden des Preisschilds,
und weil der Rahmen so schillerte, schnitt ich
eine Saite durch.

Später «Anrufung des Großen Bären»,
ein sehr dünnes Buch von Ingeborg Bachmann,
«Gedichte», Zaubersprüche, dachte ich,
die ich übte im leise
knarrenden Korbstuhl.

Als er schlohweiß, Knochenhaut,
schwankte, sich am Türrahmen fluchend
hielt, zeigte er mir, dass Stärke und Schwäche
in der Dämmerung zusammenfließen.

Wenn ich heute beim Herumlaufen im Haus
an all das denke, springt ein Gefühl heran,
fest wie ein Tennisball,
dessen Hülle sich bis zum Großen Bären dehnt,

und das schützt wie Drachenblut,
und das hält verletzlich:
Was ich brauche, hat mir mein Vater mitgebracht.

Über der Bucht von La Spezia

Der Kleine versucht, Eidechsen zu fangen –
zu schnell auf der Mauer, wieder zu schnell,
während die Große zur Seite schaut,
wo Olivenblätter die Luft versilbern,
Zikaden drängend viel versprechen,
und ich schneide eine Zitrone
vom Baum neben der Terrasse
für unser Wasser zum Abendbrot,
hoch über dieser Bucht,
die langsam die tausend Segel
des Tages entlässt.

Auf dem Weg hierher haben wir
die Fresken der Gonzaga gesehen,
auch eine Familie: Die Frau in der Mitte
muss für alle die Ruhe sein.
Während der Herrscher
mit seinem Berater spricht, liegt sein Hund
melancholisch unterm Stuhl.
Eine Alte klimpert im Gedankenkästchen,
und die Tochter mit dem Haarband
schaut in ihre Ferne
jenseits des Rahmens.

Drei Zitronenscheiben im leeren Krug,
alles gleitet so hinüber,
auch diese Terrasse
mit den huschenden Eidechsen
und flirrenden Wünschen
und dem Haarband der Tochter hier

wird ein Bild, aus dem wir herausblicken,
schon morgen, wenn wir weiterfahren,
schon jetzt, wenn das Mondlicht
ein langes weißes Laken
auf die Bucht von La Spezia legt.

Volleyballdreieck

Wir spielen Pässe im Sand,
solange die Sonne
noch über den Dächern schwebt,
Max, Luise und ich,
Luftschwall vom Meer, nimm du,
im Dreieck, aus dem keiner fällt,
solange wir baggern, den Ball
in der Luft halten, Sonnenball, wir
Eckpunkte in Bewegung, gleichseitig,
spitzwinklig, gegen die Dämmerung,
halten, gehalten, nicht schmettern,
Möwenruf, pritschen, über Kopf, schön,
solange wir Pässe im Sand
spielen, schwebt
der Sonnenball.

Abwehrschirme

Wo sie sich befinden, wie sie aussehen:
wie echsige Häute, auf Knochen gespannt,
wie Schutzkacheln eines Raumschiffs
oder nur augenlidfein,
schließen von selbst bei Angst?

Es gibt sie, und sie müssen erst wachsen:

Meinen Sohn finde ich nachts gebannt
vor den weißen ausgebreiteten Armen
des Notenständers, und selbst
wenn er hier entkommt, wird sich
auf der Passage ins Bad
der Boden auftun, ihn schlucken, «bestimmt» –

er hat recht, ich beruhige ihn
an den schmalen Schultern,
die Abwehrschirme noch schwach,
und sie werden durchlässig, viel später im Leben:

Meine Mutter eilt wieder, Tagangriff,
zum Bunker, um nicht zu enden wie der Imker,
der seine Bienenvölker retten wollte,
als die Luftmine fiel: Hautfetzchen
im Himbeergesträuch, der Imker, sieh an,
und die Sirenen, die dürfen heulen –

das alles höre und sehe ich nicht.

Franziska in Omas leerem Bungalow

Im Garten noch das Windrad,
rot und weiß, so kreisen die Gedanken,
Schneeweißchen und Rosenrot,
das Buch auf Omas Knien, ein Märchen
wie der ausgeräumte Bungalow jetzt,
nur ein Lippenstift an der Fußleiste –

Franzi, kleines Schneeweißchen, wird bald
in einer WG einem verzauberten Bären
den Pelz shampoonieren,
denn das Rad der Wiedergeburt
dreht sich, rot und weiß, verläuft,
Korn mit Kirschgeschmack wäre gut,
aber Oma hatte höchstens Eierlikör –

jetzt nicht heulen, sondern spüren,
wie die Alte ihr mit einer Spatzenfeder
die Stirn entlanggestrichen hat, was immer
das sollte, es hilft.

August Macke: «Nach dem Essen» (1913)

(Farbige Tusche und Bleistift
auf Papier, 12 x 20 cm)

Mehr braucht es nicht als Violett
und eine Kanne Tee,
schon da,

das warme Bodenbrett,
auf dem er sicher barfuß ging,

ist immer so,
dass er ihr Leben malt, zu dritt:

der runde Kopf, der Kindskopf, sieht wohin,
die Frau nicht hoch, kein Wollen
in diesem Zimmer,
im Offenen,
im Geheimen,

den Gegenständen Farbe geben
ist wie reimen:
Stuhl auf Bodenbrett,
Frauenhaar zu Kinderschopf,

ein Tuschen, Huschen nach dem Essen,
mehr braucht es nicht
und eine Kanne Tee.

Väter und Söhne beim Fußball

Dies ist unser Platz, blauer Kunststoff,
hoher Gitterzaun zur Straße,
und die anderen trudeln auch ein:
Linus, der uns wie Stangen umdribbelt,
Tom mit seinen Hechtkopfbällen,
waagerecht in der Luft, «Weltraumschwein»,
und Hanno, die sichere Anspielstation
auf dem Platz wie im wirklichen Leben.
Im August, wenn der Boden flimmert,
ein Schuss einen ganz Kleinen am Kopf erwischt,
Füße nach oben katapultiert, wildes Heulen,
aber als der Vater sich zu ihm beugt:
«Nein, nicht aufhören, bitte weiterspielen!»
Im September, wenn Wind durch den Zaun drückt
und Syrer mitkicken,
die das Tempo ganz schön erhöhen
wie Faris, Nike-Schuhe in Pink,
Begrüßungsgeschenke, «Bombenkrater»,
dachte ich, als wir uns beim Kurzpass in die Augen sahen.
        Wohin es dich verschlagen hat,
Faris, ein abgestecktes Feld mit Freunden
am Sonntagnachmittag wünsch ich dir!
Auch im Dezember, wenn der Ball steinhart friert
und wenn ausgewechselt wird
nicht auf dem Platz, im wirklichen Leben,
Trennungen, Patchwork, «neuer Vater»,
«richtiger Vater», getunnelt, das geht alles
zu schnell für uns,
nur die Lufthoheit besitzen wir noch
und dieses Leuchten nach einem öffnenden

Diagonalpass auf Gunters Gesicht,
wie tief im Wald Sonnenstrahl
einen verwitterten Baumstamm findet,
denn noch ist nicht Montag,
und die Schöpfung seufzt nicht,
sondern spielt einen Hackentrick, ihr Süßen,
lässt euch ins Leere
laufen, auf dem Platz, also im wirklichen Leben,
wo der heulende Junge liegt:
«Nein, nicht aufhören, bitte weiterspielen!»

Schwestern

Die eine hat die andre, Pferdespiel,
am Seil im Elterngarten kreisen lassen –
und heute Abend auf dem Balkon die Blicke,
die rutschen ab, die können sich nicht fassen.
Die andre weiß, die eine denkt, sie glaubt,
dass jeder neue Trainer sie begehrt –
«sie nennt es kümmern, kontrollieren ist es»,
«was ist an diesen Locken so verkehrt?»
Ein Lächeln, Zupfen an den Efeuranken,
vom hellen, kühlen Wein wird nachgeschenkt,
es dunkelt rundum, aber sie sind wach,
und hinterm Redevorhang die Gedanken,
    umarmende wie kenntnisreich gemeine,
    ein Rucken ging im Garten durch die Leine.

Fang auf

Kein Kind mehr

Wenn du diesmal durch den Türrahmen schaust:
ein Wesen, lang wie das Bett, Kopfhörer,
festgewachsen, und freundlich winkt man dir zu.

• •

Fang auf

Unter dem Nieselgrau, dem Kapuzenpullover
und unter der feuchten Stirn
wirft ihr Lächeln ein Seil zu dir.

• •

Kartoffeln pellen

Am Küchentisch, sie schafft zwei, er acht,
früher umgekehrt. Die Pelle klebt heiß, «autsch»,
er schüttelt die Finger, sie lächelt wie früher.

• •

Trinkbecher aus Emaille

Diese kleine Beule – im Campingplatzdunkel, Florenz,
über ein Zeltseil gestürzt, weil
mein Unglück so riesig war – innen Rost.

• •

Herzpochen nachts

Aber wenn du genauer hinhörst und spürst:
ein Ploppen, Beach-Ball, Holzschläger, du spielst
Füße im Wasser am Meeresrand in Wahrheit.

Wir würfeln

wieder, noch, schon
Abendwolken überm Tal, und jetzt weißt du,
Full House zu bekommen, eher leicht,
Abschied von Südtirol, so schwer.
So viele Sommer hier oben,
Fransenwolken jetzt, Fransenjeansjacke nie wieder,
und noch fehlt zur Großen Straße ein Stück.
Wenn die Würfel im Becher tönen,
schon ins Tal ausrollen,
Wolken im Dreierpasch
noch angestrahlt hängen,
denken wir wieder an den blauen Alpenenzian
und an dein Gesicht, wie du vor ihm kniest,
großes Leuchten, wir brauchen dich immer.
So viele Sommer gewonnen, und dein Blick
beim Zusammenzählen fragt:
«Noch eine Runde?»

Juni-Schwermut

Sie lag hinten im Gästezimmer,
wir gaben ihr Schmerzmittel, hatten vorn zu tun
mit den Nachbarn, endlich sollten Lampen
an die dunkle Treppe. Als es kühler wurde,
fing Alex an, einen Kabelkanal zu graben,
das Donnern der Spitzhacke im Muschelkalk
bis hinters Haus, wo sie lag
und zu schlafen versuchte.
Vorher hatte sie erzählt, aus ihrer Blütezeit:
«Als Helmut Schmidt und ich uns kennenlernten» (im
 Fahrstuhl!),
«mit *Paolo* in *Limone*» (ihr Italienisch!),
«meine Malerei» (die wir mochten!),
Leben, das sich auswuchs, wucherte,
bis sie zu mir sagte, «ich fürcht mich,
die Terrassentür steht noch offen». Die Nächte warm,
auf dem Rasen weiße Rosenblütenblätter,
es wucherte im Dunkel der Organe.
Als wir das Paracetamol hochdosierten,
als unser Sohn, vom Volleyball zurück,
sein Fahrrad durch die Blütenblätter schob,
glänzende Muskeln, schickte Alex uns Lampenmodelle,
«Nuda Terra», «Lampione Outdoor Hook»,
und sie wehrte sich weiter.
Keine Kühlung, im Licht der Stirnlampe
heftiges Atmen, Rasseln von vorn, Grabung,
nein, das kam von hinten – wir schauen nach ihr
und werden neben ihr gehen
ins Bad mit der Stolperschwelle,

zur Röhre, wohin immer,
die endlich beleuchtete Treppe hinab,
der eine lebt, wenn der andere ihn leitet,
und wenn alles still ist, gieß ich nachts noch die Rosen.

Liebesmorgen

Im Museo Chiaramonti in Rom

Dieser Augustus, den ich seit dem Schulbuch kenne,
Frisur sitzt, Toga liegt, marmorklar,
ausgestreckter Arm, dahin,
auf dem Brustpanzer Sonne, Mond
und seine Erfolge: seufzender Partherkönig.

Einige Statuen weiter ein Dionysos,
Arm überm Kopf, schimmernde Achselhöhle,
überhaupt nackt, bis auf den Weinbecher,
wohin, die Augen halb geschlossen
und das Denken in die Hüfte gerutscht.

Ich stehe schmal im Gang vor den
mächtigen Körpern und ihren Möglichkeiten –
aber manchmal kam ich ihnen nah,
warfen wir einen gemeinsamen Schatten:

Ich hatte eine Probe bestanden, es gab
einen Platz für mich – als kleiner Kaiser
trat ich in den ausgerollten Septembertag,
nahm den Triumphzug der Fußgänger, Vögel
und leuchtenden Blätter ab, Trommelwirbel im Rücken.

Zum erstaunten Gott erhob sie mich
und hielt uns schwebend, die Nacht aufgelöst
zu Wölbungen ohne Angst, zwischen uns
die Energiemenge des Planeten – was man
so stammelt mit Ranken und Reben um den Kopf

wie Dionysos, den ich verstohlen grüße.

Kühlendes Laken

Was wollen die Zypressen denn im Himmel,
Toskana, Klassenzimmer der Zikaden,
auf Hügelwellen liegt der Mond als Schimmer,
da haben wir die Taschen ausgeladen.
Da tränke ich ein Laken, bis es leckt,
und taste durch den knarrend-dunklen Flur
zu ihr, die schon als Venus ausgestreckt,
nach einer heißen, staudurchsetzten Tour
von Hals bis Fuß die Kühle spüren will,
die senkt sich, und das Herz steht ganz kurz still.

Ford-Transit-Song

Ein Küstenort auf Korsika,
die Sonne schien zu schmelzen,
der Transit lief rot an, so heiß
wie nie, und alles nah,

als alles plötzlich stockte, stand:
die Autos von vier Enden
im Stau, im Knäuel, unzertrennlich,
das Hupen, Arme-Heben,

auch Lenkrad-Trommeln gegen die Hitze
vergeblich, über Kreuzung
und Kantstein nichts, gar nichts beweglich.
Nur ein Luftzug ging

aus Meeresluft und Dieselduft,
umspielte meine Hand,
die seitlich aus dem Fenster hing,
und jetzt kommt dein Lächeln

vom Beifahrersitz herüber, Gedanke,
der süß und salzig schmeckt,
wir haben ihn beide zugleich: Himmel,
lass uns im Stau versteckt.

Weniger ist mehr, ganz wenig ist alles

Dies hier war ein langes Gedicht, es ging
um Physik und Philosophie, um Raumzeit,
ein Ereignis hieß Weltpunkt – alles gestrichen,

auch, schweren Herzens, wie Anna nach dem Baden
auf einer Mauer den Strandsand von ihren,
so wollte ich eigentlich sagen,
vielversprechenden Füßen streift,
während unten die Riemensandalen
einfach nur warten wollen,

danach den Blick aus dem runden Dachfenster
auf die Wiese im Herbst voller Blätter,
der elende Laubsauger verstummt,
Blätter, durch die ihre Stiefel eine Bahn ziehen,

näherkommen, gelöscht, und geblieben nur dies:
Ihre hellen, fast weißen Locken erreichen
den Kragen der schwarzen Lederjacke
fast, hüpfen bei jedem Schritt, kommen dem Kragenrand
nah, wollen aufliegen, Locken, wieder hoch, schwingend,
auf und ab, dieser Weltpunkt,
wie mein Blick dort sie,
sie mich damals anzog,
dieses Ziehen jetzt.

Fragen zu einer Augustnacht

In Kiel? Ja, der Mond durch die geöffnete
Balkontür über den Werftkränen,
die wie hohe Tore aussehen.
Möwen rufen auch nachts? Ja, wusste ich nicht,
überm schwarzen Hafenwasser, spiegelnde Wellen,

durch die ich mit meinen Fragen als Ruderschlägen gelange –

Wellen ihre Haare übern Rücken, aber
kann ein so schmaler Rücken die Weite sein?
Ja, er kann, und eine handliche Person wie sie
uns beide in den sechsten Stock einer Augustnacht heben
und viel höher, ein Fahrstuhl aus Nähe? Offenbar.
Was haben die Möwen gerufen?

Ich muss nachlauschen, hier, wo Regentropfen

vom Schilfgras rinnen, dort hautwarm,
mondkühl, dort

liegt sie, aus Hebung, Senkung, in der Schulter Schlaf,
ich aufgestützt, und wie wacht sie auf,
wenn ich sie, aus Versehen, berühre:
schnaubend, erstaunt, wohlwollend, mit einem «Na»?
Ja, genau so, und dann auch gleich
die vollständige Umarmung, ja,
eines Augustmorgens in Kiel.

Metamorphosen im Bad

> tu levior cortice et inprobo iracundior Hadria
> du leichter als Kork und mehr als die zügellose
> Adria wild
> HORAZ, ODEN, 3,9

Alles im Dampf, vorm beschlagenen Spiegel
reibt sie sich die Haare trocken, ich hinter ihr,
küsse ihre Nackengrube.
Als sie das Glas oben freiwischt,
erkenne ich einen grauen Vogel – bald werden
mir Flügel wachsen, mich hoch- und wegziehen,
in den Achseln schon zu spüren.
Sie dann vielleicht, wenn ich in ihre Augen sehe,
eine Quelle, frei sprudelnd auf einer hohen Ebene,
auch von mir frei.
Aber noch nicht,
denn sie schlingt die Haare
in einem Handtuchknoten, wie ihn
nur Frauen beherrschen, zusammen,
umarmt mich,
und wieder beschlägt der Spiegel im Bad
mit den Wänden aus rohem Putz,
das zu einer Grotte wird im Abseits,
träume ich wahr, an der Adria, die draußen
Schaumzöpfe gegen die Felsenküste wirft
und sie höhlt, ohne Eile, wellenweise.

Fahrt nach Norden

Mein Zeigefinger streicht ihre Rückensenke,
minimal glänzender Flaum, entlang,
so lös ich mich von der Liebe.

Graues Spannbettlaken des Himmels,
erstes Licht in den Ackerfurchen,
auf die Autobahn, müde, Knöchel am Lenkrad,

auf die Spur Richtung Sorge –
abends werde ich Mutter unterhaken
und sie, schräg wie ein Segelboot im Wind,
das hinausziehen will,
die Promenade entlang geleiten.

An einer Raststätte ans Auto gelehnt, Cappuccino-Becher,
Schaum an den Lippen, zusehen, wie der brausende,
im Wechsel warme und kühle Wind
die Obstbaumblüte löst,

so kann ich weiterfahren, über den Flüsterasphalt
zur Elbbrücke, wo Funken von Schweißarbeiten sprühen,
und verstehen: Es ist nicht mehr weit bis zur Sorge,
ich bin bald da, aber nicht fort von der Liebe,
im Norden wie Süden, im zitternden Druck der Hand,
morgens bis abends

fahre ich dorthin, woher ich komm.

An der Wasserkante

Am Hafen, direkt an der Wasserkante, zu gehen,
ein vertäutes Boot knarrt am Steg,
eine Wolke wie graues Kartonpapier vor der Sonne,

das kenne ich, in dieser Stadt wuchs ich auf,
lernte aus Sand zu bauen:
zwei Kuhlen gegraben, mit Wasser gefüllt,
das Zwischenstück mit der Schaufel hochnehmen –

lernte später in einem winzigkleinen Apartment,
was Liebe sei, nebeneinanderzuliegen,
nicht zu wissen, wo man endet und sie beginnt –

auf dem Wasser Tropfenkreise zu sehen,
dann den Regen spüren.

Heute war ich zu Besuch bei einer alten Frau,
mit Wollmütze auf der Couch,
ihr Gesicht auf dem Weg zur Maske –

der Regen wird stärker, die Wasseroberfläche
mit Kapseln bedeckt, das kleine Boot blind.

Ich bin zurückgekommen, um zu sehen,
wie das scheinbar weit Auseinanderliegende
zusammenfindet:

Die Maske der alten Frau werden wir abnehmen
und in uns aufhängen, wo sie wiedererwacht,

die Junge aus dem Apartment
schlendert neben mir am Wasser,
ich muss nur die Hand ausstrecken –

Feuerquallen

Vor der Hafenmauer im Gewoge,
spät dran, bald Winter, aber
im fast schwarzen Wasser leuchten
ihre Fäden umso heller, reichen tief,

und Gedanken seilen sich ab

auf die andere Seite, in den Sommer,
wo unsere Haut vom Baden vollgesogen,
sich in weichen Falten wellte,
dann zu salzweißer Spannung trocknete.
Wir nahmen die Wellen mit an Land:
Deine Mähne erst klatschnass,
flatschte die T-Shirt-Schultern dunkel,
dann im Föhngeheul im Flur herabhängend,
und herüberlachend riefst du etwas,
das ich nicht verstand, als ich alles verstand.

Nachts zu einer Kugel vereint unter der Dachschräge
eines grünen, riesigen Art-déco-Hauses.

Die Blitze an deinem Hals vom Liebesspiel,
aber nicht nur, sondern auch,
du tauchtest ab, als du sie vor dir sahst, zu spät,
von Feuerquallen, ihre Fäden reichen tief,

wie ich sehe, und eine Berührung genügt.

Liebesmorgen

und zögernd wachgewühlt aus Kissen, Fellen,
zurück sich wühlen in die Zeit der Wellen,
wo Leichtigkeit und Körperlast so wenig
zu trennen sind wie Jauchzen oder Bellen,
und später, also früh, soll immer noch
ein frohes Glucksen aus dem Halbschlaf quellen –
auch jetzt, wo Morgenlicht den Vorhang beult,
elektrisierte Fingerspitzenzellen,
hier bleiben, aufgestützt, ihr zugewandt,
auch lächeln über sie: die ganz Speziellen,
die dehnen sich im Schlaf wie Schwimmer aus,
durch Haare überm Rücken also forschen,
wie Badeanzugsstreifen Haut erhellen,
versunken noch in Decken, Kissen, Fellen.

An der Schleuse

Verlorenheit, du bist ein Jahrmarkt

Herbstmarkt, um vier an der Ecke,
festgezurrte Gürtel, unglückliche Hosen,
Geld in den Taschen. Wir beginnen den Gang:

Zuckerwatte, eine Wolke klebt am Gaumen,
Dosen, so nah, nicht zu verfehlen – doch!
die Schiffsschaukel fiel aus dem Himmel,
mein Los ausrollen mit klammen Fingern,
und auf dem armen weißen Pferd in die Prärie –

Als wir zurückblickten, gingen die Lichter an,
vielleicht würde jetzt das kugelförmige Loch
tief innen gefüllt, das Zittern gestillt?

Fruchtgummi

Wir nach der Schule auf dem Weg zum Bus
und angeln aus der Tüte Gummitiere:
Die Fledermäuse geben Zungenkuss,
die saure Gurke, die ich neu probiere.
Wie das im Gaumen zieht, die Zunge irrt,
die Teufel, Schnuller, voll verklebte Zähne –
wir stehen, kauen, schmecken ganz verwirrt
und haben nur die Frühlingsluft als Lehne.
Da ist der Wind in Haaren als Gekräusel,
ein Pinsel, der durch nasse Tusche wischt,
an süßen Schlangen kleben saure Streusel,
das rote und das schwarze Zeug gemischt,
dass einer an der Kreuzung träumend warte,
und unterm Sweatshirt hängt die Monatskarte.

Schwimmkurs

Lieblingssee, ich komme, sandiger Boden,
mit den Schritten steigt das seidige Wasser,
klar, umgibt mich ganz, der Abstoß, die ersten
Züge der Arme.

Wie verzweifelt hing ich damals im Schwimmkurs
an der Überlaufrinne, schmaler Junge
in Erwartung klatschender Hinterteile,
gurgelndes Scheitern.

Abpfiff des Bademeisters, dem Chlor entkommen
in die Kabine, wo die Kleidung klebte,
Zehen wollten nicht durch die Hose, hakten,
alle zum Föhnen!

Unvorstellbar, vom Anfang her gesehen,
dass ich hier auf dem Rücken liege, treibe,
in der Wasserweite mit Füßen schlage,
Wolken im Spiegel

neben mir, der Bademeister gegangen,
Zeit der Enge, aus der ich mich schälen musste,
meine Kleidung am Strand, was angstbesetzt war,
muss mich jetzt tragen.

Höhlenbau am Bahndamm

Wenn die Tage eng miteinander, man sich heute
den Schorf von gestern genüsslich von der Haut zieht,

ein rostfarbener Güterzug den hohen Wall
vom Fuß zum Scheitel, zu Grasspitzen, beben lässt,

und wir – seht hoch, ihr erkennt uns nicht
hinter geflochtenen Wänden – unsichtbar,

unerreichbar. Die polierten Schienen
zur Kanalbrücke, wo sie abheben

in die Luft, von blauen Molekülen dicht,
vor uns wie alles, alles schon da, auch der Tod,

denn die Tochter des Bestatters baut mit, neuerdings
kurze Haare, Fransen, die stechen werden,

dort, wohin ich seh, wenn ich oben
am Bahndamm die Augen mit der Hand beschatte.

Fastfrühling

Mit dem Fahrrad aus der Stadt heraus
ein langsames S zu ziehen, heißt
hier zu sein, mit Streusand unterm Reifen
und der Sonne im Rücken
dahinzurollen, nicht zu denken,
ein bisschen an Birte höchstens,
neben der Hecke, noch kahl,
bis auf die Forsythien
und meinen gelben Kapuzenpullover.
So die Sonnenlinie Richtung Vorort
über hochgedrückte Bodenplatten,
im frischen Reifenprofil Sand
noch vom Winter,
zu ziehen, nicht anzukommen,
voller Sauerstoff, und ein bisschen Birte,
nur zu fahren, nur ein Vorwand,
um hier zu sein.

Vorm Einschlafen

With hey, ho, the wind and the rain
WILLIAM SHAKESPEARE:
TWELFTH NIGHT, ACT V, SCENE I

Manche Abende bimmelten, es klang
wie von kleinen Glocken, dazwischen
der Ton einer Querflöte,
wie Brigitte sie glänzend aus dem Koffer nahm.
Draußen hinterm Rollo, ich habe nicht nachgeschaut
oder gefragt – Kinder wundern sich ein wenig
und schlafen dabei ein.

Viel später, tagsüber, nebenbei, begriff ich,
dass der Regen auf ein Gitter über einem Kellerloch fiel,
gekreuzte Stäbe aus Metall, mehr nicht.

Hat mich nicht ernüchtert, denn dieses traurige,
tröstende Tröpfeln der Töne existierte,
und seitdem weiß ich,
dass es an manchen Abenden so wenig braucht
wie ein Gitter und den Regen, heigh-ho, es hängt

ein Rollo voller Glocken vom Himmel.

Kurzbiografie

«Neue Heimat» hieß die Baugesellschaft
meines Elternhauses. Am offenen Fenster
zeigte die Antenne des Transistorradios
auf die weiß ziehenden Wolkenberge.
In nebligen Winternächten hörte man
ein Schiffshorn klagen vom Kanal herüber,
und die ganze Juninacht blieb
ein schmaler Streifen Himmel hell.

Heute in Winterträumen bin ich ein Schiff
in einem dunstigen Kanal mit Gegenverkehr.
Ist da ein Streifen, wo am Horizont,
bitte lippenrot, nicht wundenrosa?
Aber die Wolken, Zottelwesen,
langen ins Blau, mächtige Pranken
am Fenster einer neuen Heimat,
mein silberner Bleistift empfängt Signale.

Ergänzung

«Kork», rief Christine, als wir in der Nordseestraße
pfützenfroh in Gummistiefeln herumtollten –
«Dirk» ist am Anfang schwer auszusprechen.

Sie hat recht behalten, eine Seele wie Kork,
gurgelnd runtergedrückt, schaumhell in die Höhe,
in Wellen von richtig zu nichtig, denke ich heute

in schwarzen Lederschuhen am Rand einer Pfütze –
mein Spiegelbild anzusehen, hilft nicht viel,
aber Christines heller Ruf herüber: «Kork».

Wie heißt dieses Blau?

Wenn auf einer Zugfahrt zwischen langen Wäldern
und Wiesen, die dösen, rattern, plötzlich
ein Schwimmbad das Auge aufschlägt,
spürst du

Beckenrand unter Barfußsohlen, spring ab,
um zu teilen, was dich umschließt,

hinter schlingernden Wellensprechblasen
oben Welt als Wiese,

auf der man sich später wärmt –
Sonne nistet zwischen den Schulterblättern,
während zwei Mädchen Räder schlagen
wie rasende Uhrzeiger, vor und zurück, denn alle

        durch die verklebte Zugscheibe
        ganz klar zu erkennen,

sind wieder da, auch der faltige Alte
in Adidas-Turnhose, der mit dem Taschenmesser
Löwenzahn aussticht, wozu,

von beginnenden Bäumen wieder verschluckt,
wozu, im Zug den Hals hinterherrecken,
das peitscht mich wie ein nasses Handtuch,
Ultramarin-, Cyan-, Kobalt-, nein,

es heißt Schwimmbadblau,
unsere Antwort aufs Himmelblau.

An der Schleuse

Zwei Fahrradlenker ragen aus der Wiese,
wir sitzen, blicken strikt geradeaus,
im Augenwinkel ihre Strähne: Krise,
zum Glück der Wasserspiegel vor uns kraus.
Ich habe mich im Winter angesteckt
bei ihrem Lachen, letzte Flecken Ruh
verwandeln sich und laufen aufgeschreckt
im Zick-Zack suchend auf den Waldrand zu.
Die Kanus, die sie in die Kammer lenkten,
die Tore zugekurbelt, dann der Sog,
wenn sie nach vorne öffneten, sich senkten
im Schwall, im Rückstau, bis der Fluss sie zog –
        uns nicht, kein Kuss, kein Paar, nur dieser Ort,
        als Anfang sitzen wir für immer dort.

Mohairpullover

Es gab einmal Geschäfte nur für Wolle,
ein hoher Winter hat uns hingeschickt,
die Wärme lief so leicht von einer Rolle,
auf Nadelspitzen in ein Fell gestrickt.
Mohairpullover, Flimmerhaare standen,
wie eine Rüstung hat er mich geschützt,
und wenn es schneit, dann können Flocken landen,
die hängen bleiben, wie uns alles nützt –
lasst diesen Jungen gehen, unverletzt,
im Licht der Straßenlampen, schneebesetzt.

Abstrakte Party

Der Himmel läuft herab in roten Schlieren,
am Hügel schon der Sichelmond als Logo,
die Luft so weich, hör auf zu kontrollieren,
im hohen Gras sieht Fußball aus wie Pogo.
Da vorne liegt die Brandenburger Steppe,
was dich am Tag umrandet, darf sich lösen,
von unsrem Feuer zieht der Rauch als Schleppe,
und Weizenbier den Zappelig-Nervösen –
Camillas Haar im Gegenlicht geflaggt
ist das Signal, die Party wird abstrakt.

Schlafsack am Strand

Zu viele Sterne, angeknipste Nacht,
ich hab mich weggerollt, will bitte träumen,
halb eingeschlafen, wieder aufgewacht,

von einem Nebenschlafsack angezogen,
und Zentimeter durch die Dunkelheiten
gerückt, da liegen als verdrehter Bogen:

Die nahen Atemzüge sind die weiten,
im Augenwinkel seh ich Wellen schäumen,
wie soll der Sand Gedanken zu ihr leiten?

Die Angst, etwas zu tun, es zu versäumen,
denn wird es hell, dann wär, was ich gefühlt,
mit ersten Küstenschwalben aufgeflogen,

nur eine Mulde in den Strand gewühlt?

Beim Wiedersehen von «Zurück in die Zukunft»

Dein Film ist wahr, Marty McFly, auch wir
sind in die Vergangenheit gefahren,
nicht mit einem DeLorean DMC-12,

sondern per Interrail
nach Florenz, wo Brunelleschi
eine aber-tausend-tonnenschwere Domkuppel
im Himmel schweben ließ,
der darüber selig war,

oder mit dem Fahrrad
durch den kühlen Maimorgen in die Bibliothek,
wo Hegel in weißen Handschuhen
die brüchigen Bücher ausgab,
aus denen wir in vergilbten Stunden
und raschelnden Minuten herauslasen:

Alles hat seinen Platz, vielleicht auch du,

und weiter ins New York der frühen 1960er,
als Bob Dylan, Sonntagmorgen,
durch die Straßen,
gesprenkelt von Pfützen,
in seinem dünnen Mantel geführt
von einer zitternden Wohltat
wusste: Alle Lieder sind noch zu singen,
flattern jetzt auf, in dir, aus dir.

So durch die Vergangenheit gereist,
und als wir zurückkamen

in deinem wie in unserem Film
die Gegenwart eine andere,
nicht mehr schwarz-weiß,
die Box der Moderne nicht mehr,
sondern die weite Leinwand,

in die ich hineinschritt, um Verse zu schreiben,
die sein sollten wie die Kurven, Marty,
deiner Skateboard-Fahrt,
um einen Parkplatz zum Leben zu erwecken
oder um ein Mädchen zu überzeugen
zum Campen am Wochenende
am See, wo es dämmerte, abends

und morgens in diesem Lebensstreifen.

Meditationen

Nie miej mi za złe, mowo, że pożyczam patetycznych słów,
a potem trudu dokładam, żeby wydały się lekkie.

• •

Nimm mir nicht übel, Sprache, dass ich pathetische Worte
entlehne
und mir dann Mühe gebe, sie leicht erscheinen zu lassen.

• •

Wisława Szymborska: Pod jedną gwiazdką. Unter einem Stern

Aufwachen mit Vogelstimmen

So früh, im Dämmer, *Tsih*, wenn ich
erst halb zusammengesetzt bin,
flötet die Amsel innen, *Tsih*,
denke ich *Jüp*,
Fink in der Bauchgegend,
Zisip, so ausgedehnt
wie der Straßenbaum vorm Balkon,
Tschu-i-io als Schnörkel vom Fuß zum Himmel,
das mag die Mönchgrasmücke erklären, *i-io*,
Pink, Kohlmeise im Landeanflug,
kommt her zu mir alle, es ist noch früh,
und so vermischt, *Zizibäh*, kann man sein,
dämmert einem, *Pink*,
halb vorm, *Tschilp*, zögernden Tag.

Der Olympiahügel in München

Frisch gemähter Morgen
legt mir den Arm um die Schulter,
Papierfliegergedanken –
aber ich weiß, dieser Hügel besteht
aus dem zusammengekarrten Schutt
der Bombennächte.

Unten das Stadion, Frei Otto (er hieß wirklich so!)
machte Stahl leicht, spannte ein Zeltdach
für den Sommer 72 –
aber am Ende der Spiele
ausgebrannte Hubschrauber, geknickte
Rotorflügel, ich weiß.

Wenn die silbernen Streben des Dachs
nach dem Regenschauer
in der Luft hängen
wie Zeilen eines Gedichts,
Frei Otto, weiß ich,
unsere Spiele enden nicht.

Anschub

Es ist wie der Wind in den Haaren der Gerste,
plötzlich werden die Bilder weit,
Finger, der übers Display des Himmels wischt,
hohe Wolkenschiffe, ich hatte sie nur vergessen,
Radfahrer, der an der Ecke
des Feldes abbiegt,
vom Rückenwind erfasst,
die gerötete Gerste entlang,

Wind wirft Wellen hinein,
das raschelt wie ein Shirt,
über den Kopf gezogen,
Liebe in Wellen, im Fahrtwind
tränen die Augen, ich bin
wieder da, Wolkenschiffe zerklüftet,
am Horizont kreisende Windräder,
ein ungläubiges Pochen ist es.

Pinien

Im schwarzen Taxibus Richtung Rom,
die Klimaanlage rauscht, wir reden,
«sind wir rechtzeitig da?»,

durchs kleine Fenster, sieh,

die Gruppe Pinien, deren Kronen,
unten gewölbt, oben flach,
als Teller bereitstehen,
und Abendlicht wird eingefüllt.

Beim Olivenbaum

In dieser mittäglichen Mattheit heute
denk ich daran, wie ich als Kind hier lag
und mich an seinem Schattengitter freute,
beweglich, schützend, draußen vor der Tag.
Jetzt hat das Spiel mich wieder angefasst,
im Batik-T-Shirt, rosa-graue Wirren,
und innen Neuigkeiten, Reize, Hast –
ich seh ins Blätterdach, ins fahle Flirren.
Den Kopf gelehnt an die zerfurchte Rinde,
nichts senden, nichts empfangen, diese Süchte,
dass ich Beachtung, Anerkennung finde –
gehöre ich auch zu den Aufgescheuchten,
        im Winter wird das Öl der harten Früchte
        zerfließen, in der dunklen Pfanne leuchten.

Tagesform

Alina schleichend, alles tut ihr weh,
mit allen ihren Freunden würd sie tauschen –
ist sie das auf dem Fahrrad, die ich seh,
da fiebernd-selig in den Abend rauschen?
Auch Doris, wie sie in den Morgen schlendert,
im Hof an Rosen schnuppert, dabei summt –
ein schräger Satz, ein Blick, der alles ändert,
nur Hülle, Hose, und das Smartphone brummt.
Du bist die Kraft, willst dich ins Leben dehnen
und hörst das leise «Bis hierher» des Wächters,
in uns vorhanden sommerheißes Sehnen
wie auch die kühlen Wellen des Gelächters,
        die leichten Seelen, die wir immer hatten,
        die schweben heute über Yogamatten.

Eiche mit Efeu

Annett, im Freibad wälzt du dich verliebt,
auf Inline-Skates sieht man dich rasen,
du nimmst, was es für deine Tochter gibt,
die blickt so ernst, tauscht ihr die Lebensphasen?
Der neue Mann, verweigern und sich kriegen,
und lacht er sanft, erfüllt er seinen Zweck,
wirst du im Herbst mit ihm nach Thailand fliegen,
erscheint dort auch dein inneres Gepäck.
Am Ende treffen wir uns an der Eiche,
wir trinken Rotwein, müssen nichts verstehen,
Freundschaft, Liebe sind dann fast das Gleiche,
und sieh nach oben, etwas, das gelingt,
        wie dieses Efeu freudig in den Höhen,
        wo es sich weiten kann, den Baum umschlingt.

Seine Karriere

Dieser Ahorn, bestimmt 100,
ohne Ende, wenn man in die Krone hinaufsieht,
dort ein Summen, das sind Bienen,
unzählige, nicht zu erkennen.

Sein Ehrgeiz, wie eine rumpelnde Kette
von Lastwagen zur Großbaustelle, still,
die Lügen als Steine im Wolfsmagen, leicht,
und das Ohrenpfeifen, mit dem er bezahlt,

geheilt. Unter der hellgrünen Glocke
des Frühsommers, der leichtfertig Zweige
verschwendet, das hohe Summen als Hand
auf seinem Kopf, möchte er bleiben.

Beim Holzhacken

Helles Klacken, krachender Riss, dazwischen
Stück, das nicht will, die Härte, Astloch, aber
neues Schwirren, Summen der Axt, getroffen,
fliegt auseinander.

Scheite wieder seitlich zum Stapel werfen,
weiterhacken, kommt der Körper ins Fließen,
zeigt gesplittertes Holz das Weiße innen,
duftender Ahorn.

Sorgen – satte Spaltung – brechen nach außen,
Freude ohne Verdacht darf so weit hallen,
März, sich öffnen im Schweiß und Flow auf
bebendem Boden,

Kreis, aus dem die Trolle der Missgunst weichen,
weil mein Stapel wächst: zum Hügel mit Kanten –
spritzende Rinde mag ich, Klötze fallen,
so wie ich dampfe.

Schnick-Schnack-Schnuck

März als dumpfe Kühle,
im Garten schleich ich,
Amseln hacken Beete oder zetern,
wollen ihre Grenzen schließen,
und Maulwürfe haben nachts
Schwarzes hochbefördert.

«Papier besiegt Stein», oben
bei den Bäumen losen die Kinder,

kommen die Wiese herunter,
Arme ausgebreitet,
Maulwurfshügel umkurvt,
direkt ins Frühjahr gesegelt,
die Amsel kann singen, ich wieder
Helligkeit melden.

Deutsch lernen

«Pass», dieses Wort kennt er schon
zu gut, «Pass-Ersatz»,
vieles kann man zusammen-
setzen im Deutschen.

«Übergang im Gebirge»,
sagt der Lehrer. Der Junge nickt,
«über einen Pass sind wir gekommen» –
sieht zu Boden und zurück in die Berge,
Schleier vor Augen.

Der Schüler lächelt wieder, «to pass»,
«hindurchgehen, passieren», antwortet der Alte,

hinter die nächste Gebirgskette
kann er seinem
Schüler aber nicht folgen.

Grenzen (Abendmeditation)

Wenn die langen Schatten auf dem Rasen
sich zusammentun, Holunderdolden in der Dämmerung
weiß wie angeknipst hängen
und Wind sich ins Efeu einrollt,
dann sitz ich barfuß im Gras, neben mir «Pegasus»,
mein Laufschuh, so lange schon. Ich denke
an mein erstes Modell in den 1980ern: zum Berlin-Marathon
mussten wir durch die DDR fahren,
starre Grenzergesichter als Abdruck im Fenster,
Vater ans Lenkrad gespannt –
Aufatmen und frohes Türenschlagen in West-Berlin.
Die messerscharfen Uniformkragen wurden stumpf,
die Mauer aus Beton und Angst löste sich auf
und Stacheldraht quer durch Europa wieder eingerollt
wie ein Wollknäuel. Meine Zeit,
also ist es gut, über Grenzen zu lächeln,
kein Land gesichert, auch kein Garten –
die Kameras der Nachbarn in den Apfelbäumen
dort hinten nützen nichts.
Und selbst die kleine Einheit, das Ich,
ist kein abgeschlossenes Zimmer, der Abend
drückt leise die Türklinke herunter,
so wie jetzt halbhoch vor mir
ein Schatten vorbeihuscht, eine Fledermaus,
ihr Flügelschlag als Schlag in mir,
ihr Flug durchs Dunkle als Flug durch mich,
wie «er» und «sie» und «ich» zusammenfallen
in der Mondgrammatik, die bald gilt.

Weißes Papier

Auf dem schwarzen Schreibtisch das Blatt,
aber ich habe Fieber, schreibe nichts,
es bleibt weiß

wie jenes Rennrad, auf dem ich freihändig
segelte, der Asphalt hatte auch Fieber damals,
bis das Rad, Marke «Meister», am dritten Tag
gestohlen wurde, weiß

wie die Bahnen, die meine erste richtige Freundin
im Altbau an die Zimmerdecke zog, Ankunft,
bis in die äußersten Ecken Farbe quetschen,
aber ihr Papierhut auch ein Schiff,
und die Leiter als Reling, weiß

wie die ersten Blüten der Schlehe
auf dem Sargschwarz des Winters,
der mir zwei Menschen genommen hat –
Schwarz hält triumphierend die Erde im Griff –,
bis die Blättchen ihr Werk beginnen, weiß

vorm Fenster, ich muss nichts tun,
kein gestohlenes Fahrrad suchen,
nicht die hohe Decke streichen,
trauern und trösten, denn es wird geschrieben,
und mir wird heiß, mir wird kalt.

Das alte Gehirn

Eine Wabe der Ruhe, nur
ein paar Bienen noch satt
und schläfrig von Zelle zu Zelle,
und manchmal rauscht ein Stück Honig
durchs bröckelnde Treppenhaus.

Die Ordnung, als hier noch Betrieb herrschte –
Speisekarte hinter Milchglas
am Eingang eines geschlossenen Restaurants.

Aber da vorn, da ist was los, auf dem Spielplatz,
in den gelben und roten
verwinkelten Kletterrohren:
Getrappel, ein Rumms und Heulen
aus dem Wabensystem –
die kleinen Wesen,
an verschiedenen Stellen steigen sie ein,
aber wann sie wieder auftauchen und wo
dieser Junge geblieben ist
mit dem erwartungsvollen Hemdkragen, von vorhin,

wer will das verstehen? Nur
noch zugucken, Jahrminuten.

Akupunktur

In Finger, Ohren, mitten auf die Stirn
bekomm ich Pfeile, Fähnchen, Nadelspitzen,
die meine Sperren lockern, Bahnen weiten
und Speicherwände auch tief innen ritzen:
Die Finger müssen wieder kratzig tasten
durchs Zweigedickicht vor zum Amselnest –
ein Ziehen in den Zähnen, diese halten
die Spitze eines Capri-Eises fest.
Was soll das, Wellen der Erinnerung,
ihr drängt, ihr habt mit mir so leichtes Spiel –
noch eine Weile muss ich mich beweisen,
bis aus den Lebensbildern Muster werden,
        dann lieg ich auf der Pritsche ohne Ziel,
        vor Augen Mandalas, die schläfrig kreisen.

Schiff aus Steinen

Vor tausend Jahren ausgelegtes Schiff,
die Form des Rumpfs, bemooste runde Steine,
ein Kult der Überfahrten hier am Kliff,
und wer hinzukommt, denkt dann auch an seine:
an Segel überm Wasser, helle Schleppen,
an Meeresgleißen, das Delfine bogen –
und auf verklebten Fähren unter Treppen
vom Glücksspielrattern in den Schlaf gezogen.
Nur scheinbar hängen Ruder still ins Grau,
und unbewusst an eine neue Küste
versetzt, sagt man zum Wind «verrückt», «genau»,
starrt in die Ferne, als ob die was wüsste,
        in einem Schiff aus Steinen, graue Väter,
        die es erbauten, auch für mich viel später.

Mein Lieblingsritter

trabt wieder, Zügel hängen, schläft der im Sattel?
wohin? zum Gral, klar, aber was heißt «Gral»?

was «Frühling»? wenn man über Schneeflecken trottet,
auf klackendem Boden brüchige Äste streift,

Peinlichkeiten, von den idiotischen Klamotten,
in die ihn Mutter steckte, bis zur nicht gestellten Frage

nach der Wunde, als es einmal wirklich drauf ankam,
und deshalb muss er hier durch,

mit der Atemfahne des Pferdes im Schritt,
meilenweit abbiegen, Richtung Trance, Sehnsuchtspillen,

wie die drei Blutstropfen im Schnee, von denen er
nicht loskam, bis Liebe sich ausdehnte, sein Brustpanzer wurde,

falls das Sinn ergibt? falls das Sumpf ergibt? denn er hat
den Verstand abgegeben, Pfandbon in der Satteltasche dafür:

Wenn zerrupfte schwarze Fragezeichen als Krähen
vor dir aufflattern, feuchte Haare an der Wange kleben,

wenn du der Ritter des Zweifels bist,
dann trabt, Trost im trostlosen Land, Parzival.

Fahrrad im Winter

Alle Wege morgens gefroren, Schneematsch
hart geworden, Kanten aus Eis, sie holpert,
rutscht, es knackt und knirscht in der Stille über
Rinnen und Rillen.

Taube Ohren, Ohrenschützer wer weiß wo,
Lenker halten, aber auch lockerlassen,
spiegelnde Fläche lauert dir entgegen –
oben geblieben.

Diese lange Hecke vom Reif bezogen,
Rauch als Platte überm Gewerbegebiet,
und am Himmel, hebt sie den Blick noch weiter,
fransige Röte.

Vorne, da wo der Schnee als Decke liegt,
wird es knistern, wenn sie hineinfährt, und dann
und dann lässt sie los, aufgerichtet,
öffnet die Arme.

Inhalt

www.chbeck.de
Umschlaggestaltung: Rothfos & Gabler, Hamburg
Umschlagabbildung: Shutterstock, © Kateryna Moroz
Satz im Verlag
Druck und Bindung: GGP, Pößneck
Gedruckt auf säurefreiem, alterungsbeständigem Papier
Printed in Germany
ISBN 978 3 406 77440 9

myclimate

klimaneutral produziert
www.chbeck.de/nachhaltig